村《むら》の小《ちい》さな糸《いと》やさん

瀬尾《せお》 七重《ななえ》 作《さく》　亀岡《かめおか》 亜希子《あきこ》 絵《え》

もくじ

山《やま》のふもとの小《ちい》さな村《むら》に、こまくさ糸店《いとてん》がありました。

糸《いと》、はり、はさみ、まきじゃくにゴムひも、ボタンやリボンが、ガラス戸《と》だなの中《なか》にきちんとならべてあります。

お店番《みせばん》をしているのは、おばあさんとむすめのしなこさんです。しなこさんのつれあいのこうへいさんは、村《むら》のゆうびん局《きょく》につとめています。

こまくさ糸店

青《あお》い花《はな》のボタン

朝早《あさはや》く、店《みせ》のこうし戸《ど》にかかっているカーテンをおばあさんはひきあけました。

まぶしい光《ひかり》が、さあっとガラス戸《ど》ごしにさしこんできます。

三日《みっか》もふりつづいていた雨《あめ》もすっかりあがって、空《そら》はすみわたっています。

「まあまあ、いいお天気《てんき》だこと。」

にこにこしながらおばあさんは、かぎをはずして戸《と》をあけました。

ひんやりさわやかな風《かぜ》が、どおっととびこんできて、おばあさんは思《おも》わず目《め》に手《て》をあてました。

木《き》も草《くさ》もつややかな緑《みどり》の葉《は》をふるわせてかがやいています。

大《おお》きくいきをすいこんだおばあさんは、

「おや、あれはなんだろう？」

ふところからめがねをとり出《だ》しました。

しきいのそばに、青《あお》いものがおちていたのです。

かがんでひろいあげてみると、

「あら、これはきのう仕入《しい》れたばかりのボタンじゃないか。」

びっくりしておばあさんは、声《こえ》をあげてしまいました。

青《あお》いボタンは、こうへいさんとしなこさんが、山《やま》みっつこえたところにある大《おお》きな町《まち》へいって仕入《しい》れてきたばかりなのです。

花《はな》のかたちをしたボタンは、青色《あおいろ》のほかに白《しろ》、ピンク、赤《あか》、黄色《きいろ》と四種類《よんしゅるい》もありました。

小《ちい》さな村《むら》でも洋《よう》さいやあみものがはやっています。若《わか》いおかみさんやむすめさんたちが、めずらしい、しゃれたボタンをほしがっていました。

そこで、こうへいさんとしなこさんは、きのうの日曜日《にちようび》、四時間《よじかん》もかけて大《おお》きな町《まち》までいって新《あたら》しいボタンをもとめてきたのでした。

「おしらせ！
花《はな》のボタンが　入荷《にゅうか》しました。
ブローチにも、かみかざりにも
つかえます。」

こんな広告《こうこく》もかいて、今日《きょう》、店《みせ》の戸《と》にはるつもりでした。

「まあ、いやだよ。ここにも、おちている。あれまあ、あそこにも。」

青《あお》い花《はな》のボタンは、ひとつだけではありません。よくよくみると、店《みせ》の中《なか》のあちこちにちらばっているではありませんか。

まだ売《う》りに出《だ》してもいないのに、花《はな》のボタンがこんなにおちているなんてへんです。

きのうの夜《よる》、みまわったとき床《ゆか》にはちりひとつありませんでした。

「どろぼうがはいったのだろうか。」

ぞくりっとおばあさんは、からだをふるわせました。

「たいへんだよ。ちょっと来《き》ておくれ。」

うろたえておばあさんは、こうへいさんたちをよびました。

台所《だいどころ》にいたしなこさんも、ゆうびん局《きょく》に出《で》かけるしたくをしていたこうへいさんも、すぐにとんできました。

おばあさんの話《はなし》を聞《き》いて、二人《ふたり》は店《みせ》の中《なか》を調《しら》べてみました。

すると、ガラス戸《と》だなのそばにつみかさねておいたボタンのはこが、少《すこ》しずれているではありませんか。

ふたをあけてみたしなこさんが、おろおろといいました。

「あ、青《あお》い花《はな》のボタンが……。」

「なに?」

「ひとケース分《ぶん》、たしかにへっているわ。」

しんと、三人《さんにん》は顔《かお》を見《み》あわせました。

「やっぱり、どろぼうだろうか。」

おばあさんがつぶやくと、しなこさんが首《くび》をかしげていいました。

「でも、かあさん。戸《と》のかぎはしっかりしまっていたのでしょう？　あたしも、きのうねる前《まえ》に戸《と》じまりをたしかめたわ。」

「そうだねえ、戸《と》はしまっていた。」

おばあさんは、うなずきました。

「だったら、どうしてボタンがこんなにおちているのかしら。」

「ねずみのしわざかな。あんまりきれいだから、あめだまとまちがえたのかもしれない。」

「まさか……。」

「はこのどこにもねずみのかじったあとなんてないわよ。」

こうへいさんのとっぴな考《かんが》えに、おばあさんとしなこさんは、ふき出《だ》してしまいました。

そのとき、

「いってくるよう。」

そういいながら、三人《さんにん》のわきをかけぬけていったのは二年生《にねんせい》のサブロです。そういへいさんとしなこさんの一人《ひとり》むすこです。

「お！　今日《きょう》はいやに早《はや》いな。」

「ごはんは？」

「たべちゃったよう。ともだちとね、あうやくそくしてるんだもん。」

ばたばたランドセルをふりふり、サブロは大《おお》いそぎでかけていってしまいました。

その日《ひ》のおひるすぎ。

おばあさんが店番《みせばん》をしていました。

店《みせ》の中《なか》で一番目《いちばんめ》だったガラス戸《と》だなの中《なか》に花《はな》のボタンはおいてあります。

まるで、そこだけお花畑《はなばたけ》のようにはなやかです。

外《そと》は、しんと静《しず》かでうららかな春《はる》の光《ひかり》にあふれています。

ふわあっと、おばあさんはあくびをしました。じっとすわっていると、すうっとねむたくなってきます。

「だめだめ。ねむったりしちゃいけませんよ。花《はな》のボタンが、またなくなったらたいへんだ。」

ぷるんぷるんと、おばあさんは顔《かお》をふりました。そうして、花《はな》のボタンをながめながら、知《し》っている花《はな》の名前《なまえ》をあげてみます。

「黄色《きいろ》は、きんぽうげ。ピンクは、さくらそう。白《しろ》は、のいばら。赤《あか》は……、やぶつばき。青《あお》は……青《あお》い……花《はな》は……。」

うっとりおだやかな午後《ごご》です。

おばあさんは、ついうとうとと、いねむりをはじめていました。

どれくらいたったでしょうか。

ゆめうつつに、かたんと戸《と》のしまる音《おと》を聞《き》いたような気《き》がしておばあさんは、ぱちっと目《め》をあけました。

小《ちい》さな人《ひと》かげが、こうし戸《ど》の向《む》こうにきえていきます。草色《くさいろ》のズボンが、ちらりとおばあさんの目《め》をかすめました。

「あ、あれは……。」

とっさにおばあさんは、立《た》ちあがりました。

見《み》ると、ガラス戸《と》だながほんの少《すこ》しあいています。青《あお》い花《はな》のボタンも、また数《かず》がへっているようです。

おばあさんは、外《そと》にかけ出《だ》しました。

青《あお》いボタンをとった人《ひと》は、よほどあわてていたのでしょう。道《みち》に、てんてんとおちているのが見《み》えます。

「おやおや。」

おばあさんは、くすくすわらいながらあとをつけました。

ボタンをひろいひろい、すすんでいくとどうやら、うら山《やま》の川《かわ》のほうにいったようです。

川《かわ》は、ちろちろすみきった音《おと》をたてて流《なが》れています。

その音《おと》にまざって、子《こ》どものわらい声《ごえ》が聞《き》こえてきます。

「ああ、やっぱりサブロだ。」

おばあさんは、そうっとやぶのかげからのぞいてみました。

くさむらにサブロがすわっています。

そのそばに女《おんな》の子《こ》がいます。

青《あお》い服《ふく》をきた女《おんな》の子《こ》は、ひざの上《うえ》にハンカチをのせていました。

「どこの子《こ》だろう。みたことのない子《こ》だよ。」

おばあさんは、首《くび》をかしげました。

小《ちい》さな村《むら》のことですから、村《むら》の子《こ》どもたちはみんな、知《し》っています。

でも、あま色《いろ》のかみをそよ風《かぜ》になびかせている女《おんな》の子《こ》におばあさんは、見《み》おぼえがありませんでした。

「ポッケが、やぶれていたんだよ、ほら。」

ズボンのポケットのあなを見《み》せながら、サブロは、赤《あか》い顔《かお》をしています。

「はんぶんも、おっことしちゃった。それだけでたりる？」

サブロは、心配《しんぱい》そうにたずねています。

「だいじょうぶ。けさ、もらったのもあるから。」

女《おんな》の子《こ》は、白《しろ》いハンカチをそっと広《ひろ》げて見《み》せました。

青《あお》いボタンが、いくつもはいっています。

（まあ、サブロったら、やっぱり店《みせ》のボタンをもち出《だ》して、あの子《こ》にあげたんだね。）

けれども、おばあさんはサブロをとがめることもわすれて、ぼんやり二人《ふたり》を見《み》ていました。

おばあさんは自分《じぶん》の子どものころのことをふっと思《おも》い出《だ》したのです。なかのよかった男《おとこ》の子《こ》が、こっそりあめだまをくれたときのことを。

その子《こ》の家《いえ》は、村《むら》でいっけんだけのだがしやさんでした。

そのころめずらしかったまるい大《おお》きなあめだまは、村《むら》の子《こ》どもたちのあこがれでした。でも、おばあさんの家《いえ》はまずしかったし、きょうだいも多《おお》かったので、買《か》ってもらえなかったのです。

そのあめだまをひとつかみ、男《おとこ》の子《こ》はシャツのポケットにいれてきたのに、やっぱりあながあいていてあめだまは、たったのひとつしかのこっていなかったのでした。

かわりばんこになめたあめだまのあまさと、わくわくはずんだ気持《きも》ちが、ふとよみがえってきました。

（あの子《こ》、どうしちゃったろうねえ。海《うみ》の向《む》こうの国《くに》でひとはたあげるんだって一家《いっか》そろっていってしまった。もう五十年以上《ごじゅうねんいじょう》もむかしのことなんだねえ。）

なつかしそうにおばあさんは、心《こころ》の中《なか》でつぶやきました。

海《うみ》の向《む》こうの見知《みし》らぬ国《くに》――おばあさんにはとほうもなく遠《とお》い遠《とお》い、世界《せかい》のはてのように思《おも》えます。生《う》まれてこのかた山《やま》おくの小《ちい》さな村《むら》から出《で》たことのないおばあさんです。山《やま》をこえて大《おお》きな町《まち》に出《で》かけることだって大旅行《だいりょこう》なのです。

「ことしさかせなくてはならない花《はな》の数《かず》、まちがえてしまって、あわてたわ。」

女《おんな》の子《こ》のすんだ声《こえ》におばあさんは、はっともの思《おも》いからさめました。

「よかったわ。青《あお》い花《はな》ならぼくんちにたくさんあるよって、あなたがもっ

てきてくれたから。」

おとなっぽくいって女《おんな》の子《こ》は、サブロにほほえみかけました。

サブロは、てれくさそうに鼻《はな》のあたまをこすっています。

女《おんな》の子《こ》は、青《あお》い花《はな》ボタンにいきをはきかけると、ハンカチのよすみをもってゆすりました。それから、さっと高《たか》くうでをふりあげました。

ぱあっと、青《あお》いボタンが、くさむらにちらばりました。

「あ、あ、もったいない……。」

思《おも》わずおばあさんは、声《こえ》をあげてやぶをかきわけました。

とたんに、ふうっと女《おんな》の子《こ》のすがたはきえてしまいました。

そうして、あわててたちあがったサブロのあしもとには、青《あお》いわすれなぐさの花《はな》が、ほつほつと、いちめんにさいていたのでした。

きりも山《やま》のあみもの教室《きょうしつ》

ほおっと、しなこさんはためいきをつきました。それから、しげしげと肩《かた》かけをながめました。

細《ほそ》い糸《いと》であまれた肩《かた》かけは、つやがあってしっとりしています。それでいてとんぼの羽《はね》のように軽《かる》いのです。いったいどの動物《どうぶつ》の毛《け》からとったのでしょうか、銀色《ぎんいろ》に近《ちか》い白《しろ》い糸《いと》は、しなこさんのお店《みせ》にもありません。

しなこさんは、あみものがすきです。店番《みせばん》をしながらセーターやカーディガン、こたつカバーなどをよくあんでいます。けれども、なかよしのきみよさんがはおっている肩《かた》かけのもようは、目《め》をこらして見《み》てもよくわかりません。不思議《ふしぎ》なあみ方《かた》です。

「いいわねえ、あたしも習《なら》いにいきたかったわ。」

もう一度《いちど》ためいきをついてしなこさんは、うらやましそうに肩《かた》かけにさわりました。

「いらっしゃいよ。今《いま》からだってだいじょうぶだと思《おも》うわ。いろいろ変《か》わったあみ方《かた》をもっとたくさん教《おし》えてくれるんですってよ。レース糸《いと》もねえ、すてきな色《いろ》あいのがいっぱいあるのよ。」

きみよさんが熱心《ねっしん》にすすめます。

あみもの教室《きょうしつ》のたてふだが、村《むら》の広場《ひろば》にたったのは夏《なつ》のはじめでした。

「あみもの教《おし》えます。

毎日《まいにち》　午後一時《ごごいちじ》から
どうぞおいでください。
きりも山《やま》お針子荘《はりこそう》」

きりも山《やま》は、村《むら》を囲《かこ》んでいる山《やま》の中《なか》で一番高《いちばんたか》い山《やま》です。一年中《いちねんじゅう》、うっすらときりが流《なが》れており、やなぎ、みずなら、しらかば、はんのきのしげっている美《うつく》しい山《やま》です。

「きりも山《やま》のあみもの教室《きょうしつ》にいってもいいでしょう？」

しなこさんはさっそくこうへいさんにたずねました。

ところが、こうへいさんは首《くび》をふりました。

「賛成《さんせい》できないね。」

「どうして？」

しなこさんは、びっくりして、こうへいさんを見《み》ました。今《いま》まで一度《いちど》だってこうへいさんは、しなこさんのたのみを、ことわったことがなかったからです。

「毎日午後一時《まいにちごごいちじ》からって書《か》いてあったけど、何時《なんじ》におわるのかわからないじゃないか。その間《あいだ》ずうっと、お母《かあ》さんが一人《ひとり》で店番《みせばん》なんて気《き》の毒《どく》だよ。」

きっぱりこうへいさんはいって、そのあとはもうしなこさんがどんなにたのんでもききいれてくれません。

「あの人《ひと》ったら、ほんとうにがんこなんだから。村長《そんちょう》さんとこのきみよさんも、薬屋《くすりや》のおかみさんも、ともしび旅館《りょかん》の若《わか》おくさんもいくっていったわ。村《むら》のみんながいくのに、あたしだけだめなんてつまらないわ。ねえ、母《かあ》さん、いってもいいでしょ？　ね？」

しなこさんは、小《ちい》さな女《おんな》の子《こ》のようにわいわいせがみました。

ところが、おばあさんのこたえはこうでした。

「こうへいさんがだめだっていうんだからね。だーめ。」

ぷうっとしなこさんは、ほおをふくらませました。

「母《かあ》さんは、いつだって、あの人《ひと》の味方《みかた》をするんだから。」

「こうさんは、この家《いえ》の主人《しゅじん》だからね。」

そっけなくいっておばあさんは、もうこの話《はなし》はおしまいといったふうに、知《し》らん顔《かお》です。

そんなわけで、しなこさんはしぶしぶあみもの教室《きょうしつ》にいくことをあきらめたのですが……。

あみもの教えます。
毎日 午後一時から
どうぞおいでください。
きりも山お針子荘

首《くび》すじにあたる風《かぜ》が、ひやひやと冷《つめ》たくなってきました。見《み》まわすと、うすいきりがたちこめています。

「これだけあればいいわね。」

小《ちい》さなバケツの中《なか》をのぞきこみながら、しなこさんは川《かわ》からあがりました。

がさがさ、ごそごそ、さわがにが二十《にじっ》ぴきほど音《おと》をたてています。

仕事《しごと》つかれか、それともあつさ負《ま》けでもしたのか、ここ二《に》、三日《さんにち》、こうへいさんのからだのぐあいがよくありません。

「せいをつけるには、さわがにがいいよ。」

おばあさんにいわれてしなこさんは、うら山《やま》の谷川《たにがわ》に、さわがにをとりにきたのでした。

「こうばしくカラッとあげて、みんなたべてもらいましょう。」

バケツをぶらさげて歩《ある》き出《だ》したとき、山道《やまみち》をかけおりてきた人《ひと》がありました。

ほっそりと緑《みどり》の服《ふく》をきた女《おんな》の人《ひと》です。こまかな野花《のばな》をからませた長《なが》い緑《みどり》のかみをなびかせて、大《おお》いそぎでおりてきます。

しなこさんをみると、女《おんな》の人《ひと》は立《た》ちどまりました。

「ああ、あなた、こまくさ糸《いと》やさんね。」

「ええ。」

しなこさんはいぶかしそうに女《おんな》の人《ひと》を見《み》ました。

「かぎ針《ばり》、あります？　細《ほそ》い銀《ぎん》のかぎ針《ばり》。」

「はい、ありますよ。」

「大《おお》いそぎでとどけてもらえるかしら。きりも山《やま》のお針子荘《はりこそう》まで。」

「まあ、あみもの教室《きょうしつ》の？」

しなこさんの顔《かお》が、ぱっとかがやきました。

すると、女《おんな》の人《ひと》はあでやかにわらってうなずきます。

「とどけてくださったら、特別《とくべつ》にすてきなレースあみ、教《おし》えてあげますわ。」

「まあ、うれしい。すぐにおとどけします。」

しなこさんは、夢中《むちゅう》になっていいました。

「それではお願《ねが》いしますね。お店《みせ》のかぎ針《ばり》をありったけ全部《ぜんぶ》、大《おお》いそぎでとどけてくださいな。」

女《おんな》の人《ひと》は、したしげにしなこさんの肩《かた》をたたくと、山《やま》のほうへもどっていきました。その走《はし》りかたはまるでちゅうをとんでいるように速《はや》くて、あっというまに木立《こだ》ちのかげにきえてしまいました。

しなこさんも、うきうきと、足《あし》を速《はや》めました。いきたくてたまらなかったきりも山《やま》のあみもの教室《きょうしつ》へ、大手《おおで》をふっていけるのですから。

「お客《きゃく》さんですものね。ありったけのかぎ針《ばり》の注文《ちゅうもん》ですからね。」

店《みせ》にもどってみるとおばあさんのすがたはなく、サブロがガラス戸《と》だなの前《まえ》でなにかしています。

「おばあちゃんは?」

たなからかぎ針《ばり》の入《はい》っているはこをおろしながら、しなこさんはたずねました。

けれども、サブロは返事《へんじ》をしません。ガラス戸《と》だなの上《うえ》で、ぱっと手《て》をふせたり、そうっとあけてのぞきこんだりしています。

「サブロ！　返事《へんじ》は？」

とがめながら、のぞきこんだしなこさんは、

「くも！　くもじゃないの。」

声《こえ》をあげました。

すばらしく大《おお》きなくもをサブロはおもちゃにしていたのです。

「どこでつかまえたの？」

「あそこにいたんだよ。」

店《みせ》ののき先《さき》をサブロはゆびさしました。

「もどしてらっしゃい！　すぐに。」

きびしいしなこさんの声《こえ》に、サブロはびっくりしたように目《め》をむきまし

た。

「どうしてさあ、せっかくつかまえたのに。」

「とんでもないわ。おばあちゃんに見《み》つかったら、しかられますよ。くもは、お店《みせ》の守《まも》り神《がみ》なんだから。」

「守《まも》り神《がみ》って？」

「くもは、糸《いと》をつむぐでしょ。うちは糸《いと》を売《う》っている店《みせ》よ。くもは大事《だいじ》な守《まも》り神《がみ》ってむかしからいわれているの。さあ、はやくもどしてらっしゃい。」

サブロはしぶしぶくもをのき先《さき》にもどしにいきました。

その間《あいだ》にしなこさんは、かぎ針《ばり》のはこをふろしきにつつみました。

「母《かあ》ちゃん、どこかいくの？」

「きりも山《やま》のあみもの教室《きょうしつ》。かぎ針《ばり》の注文《ちゅうもん》があったのよ。」

ふろしきづつみをかかえると、しなこさんはそそくさと店《みせ》を出《で》ていきました。

きりも山《やま》にたどりついたとき、しなこさんは汗《あせ》びっしょりになっていました。いきたくてたまらなかったあみもの教室《きょうしつ》にいけるので、走《はし》るようにして歩《ある》いてきたのです。

汗《あせ》をぬぐいながらきりも山《やま》を見《み》まわしたしなこさんは、

「あ、あら、ずいぶんとよくしげっていること。」

思《おも》わずつぶやいていました。

もともときりも山《やま》は、ほかの山《やま》にくらべると樹木《じゅもく》の多《おお》い山《やま》でしたが、これほどたくさんだったでしょうか。びっしりと高《たか》く緑《みどり》の葉《は》はおいしげり、こずえを見《み》あげると、空《そら》はほんのぽっちりしか見《み》えません。木《き》の間《あいだ》をぬけてきりが、ひゅうひゅうただよっています。

「さあ、いきましょ。かぎ針《ばり》、まっているかもしれないわ。」

しなこさんは、とっとと山道《やまみち》をのぼっていきました。

のぼればのぼるほど木《き》の葉《は》は、ますます多《おお》く重《かさ》なりあっていきます。きりもこくなっています。ところが、山道《やまみち》だけは細《ほそ》く一本《いっぽん》のおびのようにつづいているのが見《み》えるのです。

かなり山《やま》おくへ入《はい》ったのではないかしらと思《おも》われるところ、ふっと目《め》の前《まえ》のきりがはれました。

そうして、しなこさんは、一《いっ》けんの小屋《こや》の前《まえ》に出《で》ていたのです。丸太《まるた》づくりの小屋《こや》です。

しらかばの門《もん》に、「お針子荘《はりこそう》」とかかれた木《き》のふだがかけてあります。

「ああ、やっとついたわ。」

しなこさんは、ふろしきづつみをかかえなおすと、ドアに近《ちか》よりました。

すると、まるでどこかで見《み》ていたかのようにドアがあいて、あの女《おんな》の人《ひと》があらわれました。

「ごくろうさまでした。さあ、どうぞ入《はい》ってくださいな。」

女《おんな》の人《ひと》のあとについて、家《いえ》の中《なか》に足《あし》をふみ入《い》れたしなこさんは、ぱちぱちとはげしくまばたきをしました。

緑《みどり》、黄色《きいろ》、赤《あか》、つやつや光《ひか》る色《いろ》がさっととびこんできたからです。

「まあ、なんてたくさんの糸《いと》!」

あっけにとられてしなこさんは、きょろきょろしてしまいました。

お針子荘

広《ひろ》いへやでした。

むき出《だ》しの天《てん》じょうのはりから、色《いろ》とりどりの糸《いと》のかせが、いくつもいくつもさがっています。糸《いと》のあいだに十人《じゅうにん》ばかりの女《おんな》の人《ひと》たちがすわって、せっせとかぎ針《ばり》とあみぼうをうごかしています。みんなうつむいて、しなこさんが入《はい》っていっても顔《かお》をあげようともしません。

静《しず》かです。女《おんな》の人《ひと》たちが十人《じゅうにん》もあつまっていたら、にぎやかなのがあたり前《まえ》なのに、きみのわるいほど静《しず》まりかえっています。ときどき、カチカチとふれあうあみぼうの音《おと》が小《ちい》さく聞《き》こえてくるだけです。

ならんでいる女《おんな》の人《ひと》たちの中《なか》に、見《み》おぼえのあるブラウスがありました。

「あら？　ともしび旅館《りょかん》の若《わか》おくさんだわ。」

声《こえ》をかけようとしたとき、ついついとうでをひっぱられました。

さきほどの女《おんな》の人《ひと》が、ほほえみながら立《た》っています。

「はい、かぎ針《ばり》のお代《だい》。それから、お約束《やくそく》のレースあみ、教《おし》えてあげますわ。」

女《おんな》の人《ひと》は、うす緑《みどり》の糸《いと》を一本《いっぽん》ひっぱると、かぎ針《ばり》でするするともようをあんでみせました。

「これ、やなぎの葉《は》もよう、それから、しらかばの葉《は》もように、はんのきもよう……あなたのすきな糸《いと》を使《つか》ってあんでごらんなさいな。」

そこでしなこさんは、ちょうど目《め》の前《まえ》にさがっていた黄色《きいろ》の糸《いと》をかぎ針《ばり》にとってまねしてみました。

あみもののとくいなしなこさんです。すぐに、もようのあみかたを、おぼえてしまいました。

じっとしなこさんの手《て》つきを見《み》ていた女《おんな》の人《ひと》の目《め》が、きらっと光《ひか》りました。

「まあ、あなたははやくてお上手《じょうず》ね。それだったら、もっと細《ほそ》くて上等《じょうとう》な糸《いと》であんでみませんこと？」

「ええ、ぜひ。」

しなこさんは、ぽっとほおを赤《あか》らめてうなずきました。

女《おんな》の人《ひと》はつと立《た》ちあがると、ついてくるようにと手《て》まねきしました。

広《ひろ》いへやのとなりに、小《ちい》さいへやがありました。

ここも天《てん》じょうから、白《しろ》い糸《いと》のかせがさがっています。まあ、その糸《いと》の細《ほそ》いこと、細《ほそ》いこと！　かすかないきづかいにも、ふわふわとんでいってしまいそうです。

「ああ、この糸《いと》、この糸《いと》なんだわ。きみよさんがあんだ肩《かた》かけ。」

そうっと糸《いと》のかせにさわって、しなこさんはさけびました。

女《おんな》の人《ひと》は、ぴくりとまゆをあげましたが、だまってかぎ針《ばり》に糸《いと》をかけました。

くさりを五《いつ》つあんで、わにして、またくさりをあんで、わにとおしていきます。

……糸《いと》のひきぐあいでくさりは、大《おお》きくなったり、小《ちい》さくなったりしていきます。そうして、その上《うえ》にまたくさりを重《かさ》ねて、あんで、重《かさ》ねて……とつづけていくので、ちょっと見《み》た目《め》にはとてもふくざつなもように見《み》えます。きみよさんの肩《かた》かけのもようとそっくりです。

「あら、それほどむずかしいあみかたではないのね。」

しなこさんは、すぐにあみはじめました。

白《しろ》い糸《いと》はすいつくようにしなこさんのゆび先《さき》にからまり、かぎ針《ばり》もまるで生《い》きているように、しなこさんのゆびをひっぱって、すいすいうごきます。

女《おんな》の人《ひと》は、その手《て》もとを見《み》つめながら、ゆっくりとささやきます。

「ええ、ええ、そうよ。くさりをあんで、重《かさ》ねて、あんで、重《かさ》ねて……つづけて、どんどんつづけてくださいな。この糸《いと》でベールを上手《じょうず》にあめる人《ひと》がいなくて困《こま》っていたの。このベールがたくさんできればできるほど、わたしたちきりも山《やま》のものは助《たす》かります。さあ、あんで、あんで、あみつづけてくださいな。」

女《おんな》の人《ひと》の声《こえ》は、やさしい子守《こも》りうたのように、しなこさんの耳《みみ》の中《なか》に深《ふか》くしみこんでいきます。すると、しなこさんは、なにがなんでも、ベールをあみあげなくては気《き》がすまなくなりました。

うつむいて、せっせとかぎ針《ばり》をうごかすしなこさんのひざから床《ゆか》へと、ベールはふわふわ、ほわほわただよっていきました。

「こうさん、こうさん……。」

おばあさんが、ばたばた店《みせ》からとび出《だ》してきました。そのあとから、サブロが目《め》をまんまるくしてついてきます。

頭痛《ずつう》がしてゆうびん局《きょく》から少《すこ》し早《はや》くかえ《かえ》ってきたこうへいさんは、びっくりして立《た》ちどまってしまいました。

おばあさんは青《あお》い顔《かお》をして、エプロンのすそをくしゃくしゃににぎりしめています。

「こうさん、どうしよう。しなこがかえってこないんだよ。」

「かえってこないって、どこへいったんですか？」

「母《かあ》ちゃんね、きりも山《やま》のあみもの教室《きょうしつ》へいったんだよ。」

サブロが、口《くち》をはさみます。

「きりも山《やま》？」

「かぎ針《ばり》の注文《ちゅうもん》があったらしくてね。おひる前《まえ》にとどけにいったきりまだかえってこないんだよ。ともしび旅館《りょかん》の若《わか》おくさんも、薬屋《くすりや》のおかみさんもとっくにあみもの教室《きょうしつ》からもどってきているっていうのに。」

あたりはまだ明《あか》るいとはいえ、もうそろそろ五時《ごじ》になります。

こうへいさんは、ふりかえってきりも山《やま》をながめました。きりも山《やま》は中《ちゅう》腹《ふく》あたりまで白《しろ》くきりにおおわれています。

「きりで道《みち》にまよったんじゃないだろうか。」

おろおろとおばあさんはいいました。

「まさかと思《おも》うけど……ぼく、いってきますよ。」

頭痛《ずつう》どころではありません。こうへいさんは、大《おお》いそぎで山《やま》へいくしたくをしました。陽《ひ》がくれるときりも山《やま》は、すうっと寒《さむ》くなります。あついジャンパーをきて、くつも登山《とざん》ぐつにはきかえました。しなこさんのセーターとジャンパーも、ナップザックにいれました。懐中電灯《かいちゅうでんとう》、ナイフ、ロープ、チョコレート、薬箱《くすりばこ》、あたたかいお茶《ちゃ》をいれたまほうビンもつめてこうへいさんは、店《みせ》を出《で》ました。

そのとき、のき先《さき》から一《いっ》ぴきのくもがすばやくナップザックにおりたのを、こうへいさんもおばあさんもサブロも気《き》がつきませんでした。

かけるようにしてきりも山《やま》まできたこうへいさんは、あっけにとられてしまいました。

きりも山《やま》はいつのまにか、すっぽりとすそまで深《ふか》いきりにおおわれていたのです。きりも山《やま》はもともときりの多《おお》い山《やま》でしたけれど、こんなにミルクのような、どっぷりとした白《しろ》いきりは見《み》たことがありません。

「こりゃあ一人《ひとり》で登《のぼ》るのは危険《きけん》だな。助《たす》けをよんでこなくちゃ。」

こうへいさんがつぶやいたときでした。

「助《たす》けなら、わたしがいますよ。」

耳《みみ》もとでいきなり声《こえ》がしました。

「え？　だれ？」

おどろいてこうへいさんは、きょろきょろしました。でも、まわりにはひとっこ一人《ひとり》いません。

「ここ、ここですよ。あなたの肩《かた》の上《うえ》。」

目《め》をよせて見《み》るとまあ、大《おお》きなくもが一《いっ》ぴき、毛《け》むくじゃらの足《あし》を二本《にほん》、しゃかしゃかふっているではありませんか。

「あれ、あんたは……。」

「はい。おたくののき先《さき》に住《す》まわせてもらっているくもですよ。さあ、こうへいさん、ナイフを出《だ》してください。」

「ナイフ？」

「そうです。ナイフできりを切《き》ってください。」

「なんだって！　ナイフできりを切《き》る？　そんなばかなことできるもんかね。」

「できるんです。きりも山《やま》のきりは、ふつうのきりとはちがうんです。さあ、はやく切《き》ってください。」

くもにせかされて、こうへいさんはナイフをとり出《だ》すと、白《しろ》いきりをしゃっと切《き》ってみました。

すると、たしかに手《て》ごたえがありました。白《しろ》くにごったきりが、すうっと切《き》れて、細《ほそ》い山道《やまみち》がひとすじ、見《み》えてきたのです。

「すきまに入《はい》ってください。」

くもがせっつきます。こうへいさんは夢中《むちゅう》できりのすきまにとびこみました。

「そうです。そうです。きりを切《き》りながらいってください。わたしが案内《あんない》

しますから。」

「わかった。」

ナイフをにぎりなおすと、こうへいさんはしゃっ、しゃっときりをさきながら歩《ある》きはじめました。

「しなこさんは、お針子荘《はりこそう》できりをあんでいるんですよ。」

「きりを、あむだって？」

「ええ。きりも山《やま》のずっとおくに、湿原地《しつげんち》があるのを、こうへいさんは知《し》っていますか？」

「ああ、知《し》っている。ぼくはいったことないけれど、白《しろ》いワタスゲがいちめんに群《む》れているってうわさだ。」

「いいえ、それはワタスゲなんかじゃありませんよ。きりもの花《はな》です。」

「きりもの花《はな》？　聞《き》いたことのない名前《なまえ》だなあ。」

「この山《やま》にしきゃさかない、とくべつな花《はな》なんです。きりが深《ふか》ければ深《ふか》いほどきりもの花《はな》はたくさんさきます。そうして、その花《はな》をつむいできりをあんでいるのが、緑《みどり》のお針子《はりこ》なんですよ。」

「緑《みどり》の、お針子《はりこ》？　あ……。」

こうへいさんは思《おも》い出《だ》しました。山《やま》で木《き》を切《き》ったり、山菜《さんさい》やきのことりにいったりするときに、村《むら》の人《ひと》たちがよく口《くち》にするおまじないがありましたっけ。たしかこんなふうなおまじないでした。

みどりのおはりこ　おはりこ
山《やま》のおたから　ほんのすこし

わけてください

こうへいさんが、つっかえつっかえつぶやくと、

「そうです、そうです。その緑《みどり》のお針子《はりこ》です。木《き》の葉《は》のもようをあんだり、木《き》の幹《みき》を太《ふと》らせたり、草花《くさばな》をつくろったりしています。われわれ山《やま》の生《う》まれのものが、けがや病気《びょうき》をしたときには、世話《せわ》もしてくれます。緑《みどり》を守《まも》っている山《やま》の精《せい》なのです。」

「すると、このきりも緑《みどり》のお針子《はりこ》があんだきりなのか。でも、どうしてこんなに深《ふか》いきりをあんでいるんだろう。」

あきれたようにこうへいさんがうなると、

「それがわたしにもわからないんですよ。こんなに深《ふか》いきり。こりゃすこ

し、おかしいですよ。緑《みどり》のお針子《はりこ》は、むちゃをすることはないんだけど。」

いぶかしそうにつぶやくと、それっきりくもは、だまってしまいました。ときどき、「右《みぎ》へまっすぐ。」とか、「左《ひだり》のほうへ十歩《じっぽ》。」とか注意《ちゅうい》するだけです。

こうへいさんもだまりこくって、ナイフをふりあげながら足《あし》を速《はや》めました。

そうしてどれほどいったでしょうか。さっと切《き》ったきりの向《む》こうに、湿《しっ》原地《げんち》が見《み》えました。

とび出《だ》してみると、湿原地《しつげんち》のまわりだけ、ほっかりときりがまるく晴《は》れています。あわい緑色《みどりいろ》の光《ひかり》がきらめいています。

「……わあ、これが、きりもの花《はな》か。」

こうへいさんは、見《み》とれてしまいました。いちめんに、ひつじの毛《け》のようにふわふわした、白《しろ》い花《はな》がさき群《む》れていたのです。

「さあ、いってみましょう、お針子荘《はりこそう》へ。まっすぐいってください。」

くもにうながされて、こうへいさんはきりもの花《はな》の中《なか》へ入《はい》っていきました。ぽわぽわ、足《あし》の下《した》がたよりなくゆれますが、しずむことはありませんでした。

もこもこ、ふわふわ波《なみ》うっている白《しろ》い花《はな》をかきわけかきわけすすんでいくと、やがてこうへいさんは、一《いっ》けんの丸太小屋《まるたごや》につきあたりました。

小屋《こや》のうらのほうから、きりがただよってきています。

「きりの流《なが》れてくるところにしなこさんはいますよ。」

くものことばを聞《き》くまでもなく、こうへいさんは、小屋《こや》のうしろにかけていきました。

細《ほそ》くあいているまどからのぞきこんでみると、うすいきりに囲《かこ》まれて、しなこさんはちんまり床《ゆか》にすわっていました。天《てん》じょうから白《しろ》い糸《いと》のかせがいくつもさがっています。その細《ほそ》い糸《いと》をひいて、しなこさんは、せっせとかぎ針《ばり》をうごかしているのでした。

(しなこのやつ……。)

こうへいさんは、むっとしました。おばあさんもサブロも心配《しんぱい》して大《おお》さわぎしているというのに、しなこさんときたら、それはしあわせそうなほほえみをうかべて、楽《たの》しそうにきりをあんでいるのです。

よびかけようとしたとき、背《せ》の高《たか》い女《おんな》の人《ひと》が音《おと》もなく入《はい》ってきました。

緑《みどり》の服《ふく》をきたその人《ひと》は、大《おお》きなかごをかかえています。かごの中《なか》には白《しろ》い糸《いと》のかせがたくさんつんでありました。

「緑《みどり》のお針子《はりこ》ですよ。」

くもが、ささやきました。

小花《こばな》をかざった長《なが》いかみをゆすって、緑《みどり》のお針子《はりこ》は、かごをしなこさんのかたわらにおきました。ひくい声《こえ》でなにかささやいたのでしょう。ふりあおいだしなこさんは、こっくりうなずいています。

緑《みどり》のお針子《はりこ》は、ほほえみながらうなずきかえすと、またすうっと出《で》ていきました。

「しなこ！　むかえにきたよ。」

がたがたまどをたたいて、こうへいさんはよびかけました。

顔《かお》をあげたしなこさんは、ぽうっとこうへいさんを見《み》ています。

「しな……こ。」

こうへいさんは、ぎょっとしました。しなこさんの目《め》が、まるで知《し》らない人《ひと》を見《み》ているようないぶかしげな目《め》つきだったからです。

あわててまどをおし開《ひら》くと、こうへいさんは、小屋《こや》の中《なか》にとびこみました。

「しなこ！　しっかりしろよ。」

肩《かた》をつかんでらんぼうにがくがくゆすぶると、しなこさんの手《て》からかぎ針《ばり》がすべりおちました。

「ああ、あんた。」

しなこさんは、まるでゆめからさめたかのように、ぱちぱちまばたきをしました。

そうして、いきなり、

「ねえ、ねえ、知《し》っていた？　きりも山《やま》に自動車道路《じどうしゃどうろ》ができるってこと。」

こうへいさんのうでをつかんで、たずねました。

「え？　自動車道路《じどうしゃどうろ》だって？」

おこることもわすれてこうへいさんは、たずねかえしました。

「なかぎ町《まち》でそうきめたんですってよ。自動車道路《じどうしゃどうろ》なんかできてごらんなさい。きりも山《やま》がどうなるか……。」

なかぎ町《まち》は、きりも山《やま》の南《みなみ》がわにある町《まち》です。観光客《かんこうきゃく》をよびよせるために、町《まち》ではいろいろと計画《けいかく》をたてているといううわさを、こうへいさんは耳《みみ》にしたことはありますが……。

「まさか、自動車道路《じどうしゃどうろ》をつくるなんて。そんな話《はなし》、聞《き》いていないよ。だれがいったんだ？　うわさにすぎないんじゃないか？」

「いいえ、ほんとうのことです。」

ふいに、きっぱりした声《こえ》がしました。

ふり向《む》くと、緑《みどり》のお針子《はりこ》が立《た》っていました。

「風《かぜ》と鳥《とり》たちが知《し》らせてくれたのです。」

エメラルド・グリーンの大《おお》きな目《め》をくもらせて、緑《みどり》のお針子《はりこ》はかなしそうにいいました。

「ね？　きりも山《やま》に自動車道路《じどうしゃどうろ》が通《とお》ったら、さいかち山《やま》みたいに、山《やま》の木《き》も草花《くさばな》もだめになってしまう。この湿原地《しつげんち》だって、どうなるものか、わかったものじゃないわ。」

しなこさんもまゆをひそめました。

さいかち山《やま》は、きりも山《やま》の北《きた》がわの町《まち》はずれにある山《やま》でした。その町《まち》ではやはり観光客《かんこうきゃく》をよぶために、山《やま》の中《なか》にある湖《みずうみ》の周囲《しゅうい》にレジャーランドをつくったのです。遊《あそ》びにくる人《ひと》たちがふえて町《まち》は豊《ゆた》かになりましたが、さいかち山《やま》は死《し》んでしまいました。透明度《とうめいど》のすばらしかった湖《みずうみ》はすっかりよごれて、魚《さかな》もすまなくなってしまったのです。

「だからですか？　緑《みどり》のお針子《はりこ》。きりをこくしてこのきりもの花《はな》のさく湿原地《しつげんち》をかくしてしまうつもりなのですね？」

だまっていたくもが、いいました。

「そうなの。わたしは木《き》の葉《は》や草《くさ》を茂《しげ》らせてきりも深《ふか》くして、たやすく入《はい》りこめないようにするつもりです。山《やま》を守《まも》るためにはそうするよりしかたがない。でも、いくらわたしでも一人《ひとり》ではまにあわない。あみもの教室《きょうしつ》を開《ひら》いて、集《あつ》まってきた人《ひと》たちに、あんでもらおうと思《おも》ったのです。きりは、葉《は》や草《くさ》をあむよりむずかしいもの。上手《じょうず》にあめる人《ひと》はいないかとさがしていたら、糸《いと》やさんがとてもはやくきれいにあむので、ぜひとも手伝《てつだ》ってほしかったのです。」

緑《みどり》のお針子《はりこ》にほめられて、しなこさんは、少女《しょうじょ》のようにほおを赤《あか》らめてはにかみました。

「ああ、緑《みどり》のお針子《はりこ》！　どうしてわたしたちくもの一族《いちぞく》にもいってくれなかったのですか。わたしたちだってあみものはとくいなんですよ。みんな喜《よろこ》んで手伝《てつだ》いますよ。」

とがめるようにくもがさけびました。

「ぼくも！　ぼくも、手伝《てつだ》いますよ。」

こうへいさんもわりこみました。

「あみものはできないけれど、自動車道路建設反対《じどうしゃどうろけんせつはんたい》のよびかけならできますからね。きりも山《やま》は、なかぎ町《まち》だけのものではないんだ。かってにそんなことをきめられちゃ、大《おお》めいわくだ。」

「村《むら》のみんなだって、この話《はなし》を聞《き》いたら、おこるにきまっているわ。みんな、きりも山《やま》はすきですもの。」

しなこさんもうなずきます。

「ああ、やっぱり糸《いと》やさんに話《はな》してみてよかったわ。」

緑《みどり》のお針子《はりこ》は、うれしそうにつぶやきました。

「いくらでも手伝《てつだ》いによこしますよ。きりも山《やま》を守《まも》るのですからね。」

こうへいさんは、いいました。

「こうへいさん。わたしはここにのこりますから。気《き》をつけておかえりなさい。」

くもは、ふわんと緑《みどり》のお針子《はりこ》の肩《かた》にとびうつると、しゃかしゃか足《あし》をふりました。

こうへいさんとしなこさんは、お針子荘《はりこそう》をあとにしました。

とっぷり、陽《ひ》はくれています。懐中電灯《かいちゅうでんとう》のあかりだけでかえれるでしょうか。

ふり向《む》くと、もうお針子荘《はりこそう》は見《み》えません。どんなに目《め》をこらしても、くらやみが広《ひろ》がっているだけです。ざあざあ、風《かぜ》になる木《き》の葉《は》の音《おと》がつよく耳《みみ》をうつだけです。

手《て》をつなぎあって、そろそろと歩《ある》きはじめた二人《ふたり》の足《あし》もとに、一本《いっぽん》の線《せん》がぽおっとうきあがりました。懐中電灯《かいちゅうでんとう》のあかりに銀色《ぎんいろ》にかがやきながら、まっすぐつづいていきます。

「……くもの糸《いと》じゃない？」

「道《みち》しるべをつけておいてくれたんだ。」

こうへいさんは、ふるえる声《こえ》でささやきました。むねがあつくなってきます。

「ほーい！　ありがとうよう。」

くらやみに向《む》かって、こうへいさんはさけびました。そうして、しなこさんと二人《ふたり》、くもの道《みち》しるべをたどっていきました。

さかなつり

こうへいさんは、ふきげんそうに新聞《しんぶん》をがさがさとひっくり返《かえ》しました。

「せっかくの日曜日《にちようび》なのに店番《みせばん》をしなくちゃならないなんて、つまらんなあ。店《みせ》をひらいているのは、しなこたちじゃないか。」

ぶつぶつと、こうへいさんはぼやきました。

おばあさんとしなこさんは、朝早《あさはや》くからとなり村《むら》にいったきり、まだかえってきません。しなこさんのいとこの家《いえ》ではじめての赤《あか》ちゃんが生《う》まれるのです。その手伝《てつだ》いに、しなこさんもおばあさんも、いそいそと出《で》かけ

てしまったのでした。

「おひるすぎに一度《いちど》、かえってくるわ。」

そういって出《で》かけたのにしなこさんは、かえってくるどころか電話《でんわ》もかけてこないのです。

「二人《ふたり》もいくことないいんだよ。あっちの家《いえ》には人手《ひとで》はあるんだから。今日《きょう》は谷川《たにがわ》につりにいくつもりだったのに。」

ぽんと新聞《しんぶん》をなげ出《だ》してこうへいさんは、外《そと》をながめました。

いい天気《てんき》です。

うら山《やま》のおくにある谷川《たにがわ》では、いわながよくつれます。ゆうびん局《きょく》と役《やく》場《ば》のつりなかまは、きっといわなつりにいっているにちがいありません。

「うーっ、つりにいきたかったなあ。」

ひゅっと、つり糸《いと》をなげるまねをしたとき、こうへいさんは、どきっとしました。

あけはなしたこうし戸《ど》のそばに、男《おとこ》の人《ひと》が一人《ひとり》、立《た》っているのに気《き》がついたからです。

きみょうなかっこうをした人《ひと》でした。

黒《くろ》いマントをすっぽりときこんで、つば広《ひろ》のぼうしをかぶっています。

「なにやっているんだ、あの人《ひと》。」

こうへいさんは目《め》をまるくしました。

男《おとこ》の人《ひと》は、道《みち》ばたのくさむらや、けやきの木《き》に向《む》かって、ひゅっと、つりざおをなげているではありませんか。

「なにが、つれるんですか。」

戸口《とぐち》までいって、こうへいさんはからかいぎみに声《こえ》をかけました。

男《おとこ》の人《ひと》は、ちらりとこうへいさんを見《み》ましたが、あいかわらずさおをふることをやめません。

「いや、なにね、いわしをつろうと思《おも》ってね。」

「いわ、いわし、ですって！」

こうへいさんは、すっとんきょうな声《こえ》をたてましたが、男《おとこ》の人《ひと》はすました顔《かお》をしています。

「つり針《ばり》と糸《いと》が、どうもよくなくてねえ、うまくつれません。」

それから、さもさもたったいま気《き》がついたといったふうに、店《みせ》の中《なか》をのぞきこみました。

「あれまあ、おたくには針《はり》と糸《いと》がたくさんあるじゃありませんか。ひとつ、わけてくださいよ。」

「針《はり》と糸《いと》ったって、ありゃあ針《はり》しごとにつかうものですよ。つり用《よう》のものじゃありませんよ。」

「なに、かまいません。」

男《おとこ》の人《ひと》は、さっさとガラス戸《と》だなに近《ちか》よると、かってに赤《あか》い絹糸《きぬいと》ともめん糸《いと》をとり出《だ》しました。

ぴんぴんとひっぱってみたり、ちろっとなめてみたりしてから、男《おとこ》の人《ひと》は両方《りょうほう》ともガラス戸《と》だなの中《なか》にもどしてしまいました。

「だめだ。これでは細《ほそ》すぎるし、かたすぎる。もっとこう、ふんわりやわらかい糸《いと》はないですか。」

きょろきょろしていた男《おとこ》の人《ひと》の目《め》が、毛糸《けいと》の入《はい》っている木箱《きばこ》にとまりました。

「ああ、ああ、これだ、これがいい。」

「そりゃあ、毛糸《けいと》ですよ。」

あきれてこうへいさんは、目《め》をむきました。

ところが、男《おとこ》の人《ひと》は赤《あか》い毛糸《けいと》を手《て》にとってうれしそうにうなずいています。

「こりゃあいい。いわしをつるのにぴったりの糸《いと》だ。」

毛糸《けいと》をてきとうな長《なが》さに切《き》ると、男《おとこ》の人《ひと》はその先《さき》に大《おお》きめのマチ針《ばり》をさして、つりざおに結《むす》びつけました。

「いわしは、あたまがからっぽですからね、赤《あか》いものを見《み》れば、なんでもえさだと思《おも》ってとびつくんですよ。それに、なんていったって赤《あか》は大漁《たいりょう》のしるしでもありますからね。」

そんなことをいいながら、男《おとこ》の人《ひと》は、マントの中《なか》からもう一本《いっぽん》、つりざおをとり出《だ》しました。

おなじようにマチ針《ばり》をさした毛糸《けいと》をくくりつけると、こうへいさんにさし出《だ》しました。

「さあ、いわしつりにいきましょ。」

「え？　え？　ぼくは……。」

「つりをしたいんでしょうが。」

にやりとわらうと、男《おとこ》の人《ひと》はこうへいさんのうでをつかんで、ぐいぐいひっぱります。

ひきずられて外《そと》に出《で》たとたん、こうへいさんは、あんぐり口《くち》をあけてし

まいました。

なんとまあ、店《みせ》の外《そと》は砂浜《すなはま》で、青《あお》い海《うみ》がばあんと広《ひろ》がっていたのです。

あわてて、ふり向《む》いて見《み》ると……けやきの木《き》も、店《みせ》も、うら山《やま》もありません。見《み》わたすかぎりの砂浜《すなはま》です。

とたんに、こうへいさんのむねがわきたちました。

海《うみ》！　うみ！　ウミ！

なつかしい海《うみ》の風景《ふうけい》です。

こうへいさんは、遠《とお》い南《みなみ》の海《うみ》にうかぶ小島《こじま》で生《う》まれたのです。けれども、そこにはもう両親《りょうしん》も、きょうだいもいません。小島《こじま》にはもうだれもすんでいないのです。

きりたった断崖《だんがい》の小島《こじま》は、ちょっと波《なみ》が高《たか》くなると、たちまち、となりの大《おお》きな島《しま》からの連絡船《れんらくせん》もとだえてしまいます。ほんのわずかの畑《はたけ》をたがやし、ほんのわずかの漁《りょう》だけでは、とてもくらしてはいけませんでした。ふべんな小島《こじま》でのくらしをきらって、若《わか》い人《ひと》たちは、どんどん、出《で》ていってしまいました。たとえ島《しま》にのこっても、かんじんの仕事《しごと》がなかったのです。

こうへいさんが中学校《ちゅうがっこう》を卒業《そつぎょう》したころ、わずかにのこっていた人《ひと》たちも、小島《こじま》での生活《せいかつ》をあきらめて、そろって島《しま》をあとにしたのでした。移《うつ》りすんだ大都会《だいとかい》のかたすみで、「潮《しお》のかおりをかぎたいなあ。」と、一《ひと》言《こと》つぶやいて父親《ちちおや》がなくなったのは、小島《こじま》をはなれてから一年後《いちねんご》でした。

こうへいさんも、都会《とかい》での生活《せいかつ》がいやでいやでたまらなくなっていました。から、山《やま》に囲《かこ》まれたこの小《ちい》さな村《むら》のゆうびん局《きょく》に、つとめをかえたのでした。

「大漁《たいりょう》だ、大漁《たいりょう》だ！」

とてつもないわめき声《ごえ》に、こうへいさんは、はっとしました。見《み》ると、ざざざあ、ざざざあんとうちよせる波《なみ》のあいだに、銀色《ぎんいろ》に光《ひか》る魚《さかな》の群《む》れがおどっているではありませんか。はるか沖《おき》あいのほうまで黒《くろ》くかがやいているではありませんか。

そうして、男《おとこ》の人《ひと》は、いわしの群《む》れに向《む》かって、きみょうなつりざおをなげています。

（いわしなら、あみでごっそりとるのがいいのに。）

こうへいさんは、思《おも》いました。

すると、まるでこうへいさんの心《こころ》がわかったかのように、男《おとこ》の人《ひと》がいいました。

「この海《うみ》のいわしは、特別《とくべつ》なんです。あみでなんかとれやしません。どんなに目《め》のつんだあみでも、やんわりすりぬけていってしまいますからね。」

それから、こうへいさんをつついて大声《おおごえ》でせっつきました。

「さあ、あんたもはやく、はやく。つりをしたかったんでしょう。どっちがたくさんつれるか、競争《きょうそう》です。」

「いいですとも！」

ついこうへいさんは、うなずいてしまいました。つりなら、だれにも負《ま》けやしません。小学校《しょうがっこう》にあがる前《まえ》から、つりざおをにぎっているのですから。

こうへいさんは、夢中《むちゅう》できみょうなつりざおをふりあげました。

赤《あか》い毛糸《けいと》のつり糸《いと》が、ひゅんひゅん青《あお》い海《うみ》にとび、ピチピチはねるいわしをつって、すばやくもどってきます。

おもしろいように、いわしはつれます。

みるみるうちに砂浜《すなはま》は、いわしの山《やま》、山《やま》。

「こりゃあ、まるでかつおの一本《いっぽん》づりみたいだなあ。」

こうへいさんは、ひゅいひゅい、つりざおをふりながらさけびました。

「そうです、そうです。だからこそ、ここの、海《うみ》のいわしづりはやめられません。」

男《おとこ》の人《ひと》もさけびかえします。

つってもつっても、いわしの大軍《たいぐん》はおしよせてきます。

どれくらいつれたろうか——ひょいとふり向《む》いたこうへいさんは、びっくりぎょうてん、こしをぬかしそうになりました。

なんと、つったいわしの群《む》れが、砂浜《すなはま》をはっているではありませんか！

海《うみ》とは反対《はんたい》の砂浜《すなはま》の向《む》こうへ、ずいずい、ずいずい、はって広《ひろ》がっていっているではありませんか！

「うわあ、いわしが！　いわしが、にげていく！」

こうへいさんは、いわしをつかまえようとしました。

「そんなのはあとまわし、あとまわし。海《うみ》からのいわしのほうがさきです！」

こわい声《こえ》で男《おとこ》の人《ひと》は、とめました。

そうです。沖《おき》のほうからはあいかわらずいわしが、銀色《ぎんいろ》のかたまりになって、どおどお、おしよせてきているのです。

気《き》がつくと、波《なみ》もなんだか高《たか》くなっているようです。

ぐんぐん、ぐんぐん高《たか》くなって、あっというまに波《なみ》といわしが、おおいかぶさってきました。

「わ、わあ、のみこまれるう。」

思《おも》わず頭《あたま》をかかえて、こうへいさんはうずくまってしまいました。

ああ、波《なみ》にさらわれる、海《うみ》にひきずりこまれる――と思《おも》ったとたん、

「父《とう》ちゃん、なにしてるの？」

子《こ》どもの声《こえ》が、聞《き》こえてきました。

びっくりして顔《かお》をあげると、

「あ、あ、あれれ。」

こうへいさんは、けやきの根《ね》もとにしゃがみこんでいたのでした。

きみょうな男《おとこ》の人《ひと》も、海《うみ》も砂浜《すなはま》もいわしの大軍《たいぐん》もきえています。

サブロが目《め》をまんまるくして、じろじろこうへいさんを見《み》ているだけです。

こうへいさんは、きょときょとしながら立《た》ちあがりました。

「ねえ、父《とう》ちゃん、なに、それ？」

サブロがゆびさしながらたずねました。

「なにって父《とう》ちゃんは……。」

いいかけてこうへいさんは、口《くち》をつぐんでしまいました。

こうへいさんがしっかりとにぎっていたのは、赤《あか》い毛糸《けいと》を結《むす》びつけたかれ枝《えだ》が一本《いっぽん》。

「なにするの、これ。」

サブロは、こうへいさんの手《て》からかれ枝《えだ》をとると、びゅうんと、ふりました。

「わは！　つりざおみたいだ。」

わらってサブロは、ひゅいひゅい空《そら》に向《む》かってふりまわしましたが、ふいに、

「あれえ、父《とう》ちゃん、見《み》て見《み》て！　いわし雲《ぐも》だよ、すごーい！」

大声《おおごえ》をあげて、くいくいこうへいさんのズボンをひっぱりました。

「はあ……これは。」

こうへいさんは、いきをのみました。

夕《ゆう》やけのはじまった空《そら》に、いわし雲《ぐも》がうかんでいます。はてしなく、どこまでもどこまでも。

そのとき、ばさばさっと音《おと》がしました。

カーオ！

大《おお》きなからすが一羽《いちわ》、ひと声高《こえたか》くなきました。

ちろりとこうへいさんを見《み》おろしてから、からすはとびたちました。

まっくろな羽《はね》を、ゆうゆうとはばたかせて、やがてからすは、いわし雲《ぐも》の中《なか》に見《み》えなくなりました。

きつねと自転車《じてんしゃ》

チリリリーンとベルをならしてから、サブロは自転車《じてんしゃ》にのりました。口《くち》もとが自然《しぜん》に、にまにまとゆがんできます。見《み》せびらかすようにゆっくりと、サブロは村《むら》の道《みち》を走《はし》っていきました。

ぴかぴかの青《あお》い自転車《じてんしゃ》は、誕生日《たんじょうび》のおくりものでした。きのう、父《とう》さんがなかぎ町《まち》で買《か》ってきてくれたのです。

「はやぶさ」と名前《なまえ》がついている自転車《じてんしゃ》に、ほじょ輪《りん》はついていません。スピードだって今《いま》までのっていた自転車《じてんしゃ》とはまるでちがいます。これなら、

大《おお》きい男《おとこ》の子《こ》たちと、遠《とお》くへ出《で》かけることもできます。もうおいてけぼりをくったり、とちゅうで取《と》りのこされてべそをかきかき、家《いえ》へもどってこなくてもすむのです。

サブロは、あさぎり山《やま》へお使《つか》いにいくところでした。自転車《じてんしゃ》の荷台《にだい》には、キルティングした布《ぬの》をいれた、大《おお》きなふろしきづつみが、くくりつけてあります。

あさぎり山《やま》の奥《おく》に一《いっ》けんだけある温泉宿《おんせんやど》までとどけるのです。

冬《ふゆ》の雲《くも》は重《おも》く、どんよりとおおいかぶさっていますが、時《とき》どき雲間《くもま》から、さっと陽《ひ》がさしてあたりを金色《きんいろ》にそめます。サブロは口笛《くちぶえ》をふきながら、ペダルをふんでいきました。

昼《ひる》さがりの村《むら》は静《しず》かです。

木《こ》がらしがばたばた道《みち》をふきぬけていくだけです。自転車《じてんしゃ》のスピードをあげると、つめたい風《かぜ》が氷《こおり》のつぶてとなってびしびし顔《かお》にあたりますが、サブロは気《き》にもしませんでした。なめらかに走《はし》る自《じ》転車《てんしゃ》にのっていると、からだも軽《かる》くなって、ふわあんと空《そら》に向《む》かっていってしまいそうです。

あさぎり山《やま》が近《ちか》くなってきました。

あさぎり山《やま》は、小《ちい》さな村《むら》を囲《かこ》む山《やま》の中《なか》では一番低《いちばんひく》い山《やま》でしたが、そのふもとには広《ひろ》い野原《のはら》がありました。

初夏《しょか》には、れんげつつじ、あやめ、すずらんがさき、秋《あき》になると、すすき、われもこうがそれは見事《みごと》な野原《のはら》です。サブロの小学校《しょうがっこう》では、新一年生《しんいちねんせい》の遠足《えんそく》は、この野原《のはら》に来《く》ることがきまりでした。学校《がっこう》から歩《ある》いて三十分《さんじっぷん》ぐらいのところにありますから、ちょうどいい距離《きょり》なのです。サブロも去年《きょねん》の五月《ごがつ》にきました。あの時《とき》は、れんげつつじがさいていて、野原《のはら》じゅうオレンジ色《いろ》にかがやいていました。

いま、野原《のはら》はいちめんかれくさ色《いろ》にぼうぼうと広《ひろ》がっているだけです。あさぎり山《やま》も灰色《はいいろ》っぽくしずんで見《み》えますし、その向《む》こうにそびえる山《やま》やまは、もうまっ白《しろ》に雪《ゆき》をかぶっています。

野原《のはら》をまっすぐにつっきって、サブロは温泉《おんせん》への近道《ちかみち》である細《ほそ》いわき道《みち》に自転車《じてんしゃ》をのり入《い》れました。

「うわあい、速《はや》いぞう。」

すこし坂《さか》になったその道《みち》を、ペダルからはなした足《あし》を広《ひろ》げたまま、サブロはざざざあっとくだっていきました。

するといきなり、前方《ぜんぽう》のやぶからぴょいととび出《だ》してきたものがありました。

「ひゃあ、どいて、どいて！」

サブロはかなきり声《ごえ》をあげました。

とたんに前《まえ》の車輪《しゃりん》が、がくんとなりました。かれ草《くさ》の間《あいだ》にかくれている石《いし》にでも、ぶつかったのでしょう。はずみでサブロは、ハンドルをとびこえて、ばあんとやぶの中《なか》につっこんでしまいました。

「ちー、いててて……。」

やぶからぬけ出《で》ようとして、ごそごそやっていると、

チリリリーン　チリリン

ベルがなりました。

「あ、ぼくの自転車《じてんしゃ》!」

かれ枝《えだ》に毛糸《けいと》のマフラーがからまってしまったのをそのままにして、サブロはむりやりもがき出《で》ました。

すると、どうでしょう。たおれた自転車《じてんしゃ》のそばに、こぎつねがいっぴき、しゃがみこんでいるではありませんか。

こぎつねは、目《め》をぴかぴかさせて、しきりとベルをならしているのです。

チリリリーン　チリリン
ベルがなるたびに、こぎつねは、しっぽをゆさゆさゆすっています。

「ぼくのだぞ。さわるなよ。」

足《あし》をひきずりながらかけよると、サブロはつんつんして自転車《じてんしゃ》をおこしました。こぎつねからかくすようにして背《せ》をむけると、自転車《じてんしゃ》をあちこち調《しら》べてみました。

ハンドル、よし。サドル、よし。スポーク、フェンダーも、変化《へんか》なし。チェーンもペダルもよし。ライトも、よし。ついでに荷台《にだい》のふろしきづつみも、ちょっとずれただけ。

「よかった。」

ほっとしたサブロは、きゅっとふり向《む》いてこぎつねをにらみつけました。

「いきなりとび出《だ》して来《く》るなよ。あぶないだろ。」

ところが、こぎつねはサブロがおこっているのに知《し》らんぷりです。目《め》を光《ひか》らせて自転車《じてんしゃ》ばかり見《み》ています。

「これ、おまえの、のりものだろ?」

ふいにかん高《だか》い声《こえ》でこぎつねがたずねました。

「そう。ぼくの自転車《じてんしゃ》。はやぶさ号《ごう》だ。」

鼻《はな》をひくつかせてサブロはじまんしました。

「ほ、はやぶさ号《ごう》か。ぴったりだな。おそろしく速《はや》かったものな。」

感心《かんしん》したようにこぎつねは何度《なんど》もうなずきました。

「これにのったら、さんさき町《まち》に速《はや》くいけるだろうな。」

「もちろん。はやぶさ号《ごう》だもん。さんさき町《まち》なんてひとっとびだ。」

いきおいこんでサブロは、いばりました。

「わあ、ひとっとびか！」

こぎつねは、うれしそうに目《め》をきろきろさせました。それから、とんでもないことをいい出《だ》したのです。

「こののりもの。おれにかしてくれよ。」

「ええ！」

サブロはもうびっくりして目《め》をむきました。

じょうだんではありません。買《か》ってもらったばかりの新品《しんぴん》の自転車《じてんしゃ》を、見《み》も知《し》らないきつねにかしてやることなんか、できるものですか。

「やだよ、かさない。ぼくだって今日《きょう》、はじめてのったんだから。」

「だめか？」

「だめ！」

サブロが強《つよ》く首《くび》をふると、こぎつねはがっかりしたようにためいきをつきました。

サブロはさっさとペダルに足《あし》をかけました。はやく荷物《にもつ》を温泉宿《おんせんやど》にとどけて、思《おも》いっきり野原《のはら》や村《むら》の道《みち》で自転車《じてんしゃ》を走《はし》らせてみたいのです。

そのとき、ぽそんとこぎつねがいいました。

「さんさき町《まち》に、おれの母《かあ》ちゃんがいるんだ。」

「へえ、さんさき町《まち》でなにをしているの？　働《はたら》いているの？」

サブロが、からかいぎみにたずねると、こぎつねはまじめな顔《かお》でうなずきました。

「まあ、そんなようなもんだ。おれ、もうずっと母《かあ》ちゃんに会《あ》っていない。」

にやにやわらっていたサブロは、それを聞《き》いたとたん、口《くち》をひきしめました。

去年《きょねん》、サブロが一年生《いちねんせい》になったばかりの春《はる》、母《かあ》さんは病気《びょうき》で、山《やま》をみっつもこえた遠《とお》くの町《まち》にある大学病院《だいがくびょういん》に、一ヶ月《いっかげつ》も入《はい》っていました。おばあさんと父《とう》さんと三人《さんにん》だけの毎日《まいにち》は、さびしくてやりきれませんでした。おばあさんは店番《みせばん》と家《いえ》の仕事《しごと》、父《とう》さんはゆうびん局《きょく》と病院通《びょういんがよ》いでいそがしく、二人《ふたり》ともサブロをかまってくれなかったのです。母《かあ》さんに会《あ》いたくてたまらなくなったサブロは、二人《ふたり》にだまって会《あ》いに出《で》かけたのです。その結果《けっか》、村《むら》じゅうに大《おお》さわぎをひきおこしてしまったのでした。

サブロは考《かんが》えこみながら、自転車《じてんしゃ》をおして坂道《さかみち》をくだりました。こぎつねは、とぽとぽあとについてきます。時《とき》どき、ほっと小《ちい》さなためいきなんかつきながら。

細《ほそ》い坂道《さかみち》は、なかぎ町《まち》に通《つう》じる本道《ほんどう》につきあたります。そこに自動車《じどうしゃ》が三台《さんだい》ほど駐車《ちゅうしゃ》できる空地《あきち》がありました。空地《あきち》の向《む》こうはがけになっていて、かん木《ぼく》がからみあっています。

空地《あきち》のわきから温泉宿《おんせんやど》につづく道《みち》があります。「御宿《おんやど》あさぎり」と書《か》かれた木《き》のたてふだが風《かぜ》にゆれています。やぶに囲《かこ》まれた山道《やまみち》を十五分《じゅうごふん》もおりていくと、温泉宿《おんせんやど》の玄関《げんかん》にたどりつきます。本《ほん》道《どう》を右《みぎ》のほうへ一時間《いちじかん》も自転車《じてんしゃ》を走《はし》らせれば、さんさき町《まち》に出《で》るのです。

たてふだの前《まえ》でサブロは、立《た》ちどまりました。こぎつねは、本道《ほんどう》のまん中《なか》につっ立《た》ってちろちろ、サブロを見《み》ています。

「……かしてやるよ。」

思《おも》いきってサブロはいいました。

「わ！　かしてくれるか？」

ぴかっとこぎつねは、目《め》を光《ひか》らせました。にかにかっとわらってかけよってきました。

「うん。かしてやる。そのかわり約束《やくそく》だぞ。おひさまがしずむまでに、ここに帰《かえ》って来《く》るんだよ。」

「わかった、わかった。」

こぎつねは、もううれしくてたまらないといったふうにとびはねています。そわそわとハンドルに前足《まえあし》をかけています。

荷台《にだい》からふろしきづつみをおろしながら、ふっとサブロは気《き》づきました。

「おまえ、自転車《じてんしゃ》にのれるの？」

すると、こぎつねはえらそうに胸《むね》をはりました。

「のれなきゃ、かしてくれってたのみやしないさ。」

いせいよくこぎつねは、サドルにまたがりました。ぐいっと力強《ちからづよ》くペダルをふみました。

「おひさまのしずむまでに、帰《かえ》ってくるんだよう。」

サブロは、さけびました。

ところが、こぎつねは、

「わあい、母《かあ》ちゃんに会《あ》えるぞう。」

きゃいきゃい、わらい声《ごえ》をのこして、あっというまに見《み》えなくなってしまいました。

すべらないように気《き》をつけながら、サブロは空地《あきち》に向《む》かっていました。

雪《ゆき》が、すんすんふっています。

サブロは、こぎつねとの約束《やくそく》の時間《じかん》まで、温泉宿《おんせんやど》で遊《あそ》んでいました。

「もう少《すこ》ししたら、おじさんの手《て》がすくからそれまで待《ま》っておいで。」

「それがいいよ。おじさんにおくってもらい。」

「そうしなさい、サブロ。野《の》っぱらまでつれていってもらうといいわ。」

温泉宿《おんせんやど》の人《ひと》たちは、口《くち》ぐちにいいましたがサブロは首《くび》をふりました。

「これくらいの雪《ゆき》、平気《へいき》だよう。もっとすごくふっている時《とき》に一人《ひとり》でさんさき町《まち》までいったことあるもん。それにさ、ぼく、上《うえ》の空地《あきち》で待《ま》ちあわせをしているんだ。」

そういってサブロは出《で》てきたのでした。雪《ゆき》よりも、自転車《じてんしゃ》のことが、気《き》になってしかたがなかったのです。

がけぎわの山道《やまみち》はもうまっ白《しろ》です。かん木《ぼく》も雪《ゆき》をかぶっています。

ぼくの、自転車《じてんしゃ》。

はやぶさ号《ごう》、びゅん、びゅん、

はやいぞ、風《かぜ》よりも、
びゅん、びゅん、空《そら》のはてまでもっ……

サブロはでたらめの歌《うた》をうたいながら、雪《ゆき》の道《みち》を登《のぼ》っていきました。

すべりおちることもなく、ぶじに空地《あきち》についたサブロは、

「あれえ、まだきてない。」

がっかりしてしまいました。

だれもいません。自転車《じてんしゃ》ももちろん、ありません。

サブロは気《き》が気《き》ではありませんでした。約束《やくそく》の時間《じかん》は、すぎているのです。太陽《たいよう》は雲間《くもま》にかくれていても、しずむ時刻《じこく》はわかりますから、みはからって宿《やど》を出《で》てきたのです。

サブロは本道《ほんどう》へ出《で》ると、のびあがってさんさき町《まち》のほうをながめました。

人《ひと》はもちろん、自動車《じどうしゃ》も自転車《じてんしゃ》のかげも見《み》えません。きみの悪《わる》いほどしずまりかえった空《そら》から、雪《ゆき》がふってくるばかりです。

しだいにあたりも暗《くら》くなってきます。

「なーにしてるんだろ、きつね。はやく、もどって来《こ》ないかなあ。」

じっとしていると寒《さむ》くて寒《さむ》くて、かないません。あたたかいダウンジャケットをきているとはいっても、雪《ゆき》にうまったスニーカーだけの足《あし》がじんじんとつめたく、痛《いた》くなってきます。フードのひもをぎゅっとしめなおすと、サブロはポケットに手《て》をつっこんで、空地《あきち》と本道《ほんどう》の間《あいだ》をいったり来《き》たりして、こぎつねを待《ま》ちました。

ところが、いつまでたってもこぎつねはかえってこないのです。

もしかしたら、さんさき町《まち》にいるという母《かあ》さんのところにずっといるつもりじゃないだろうか　ふと、おそろしい疑《うたが》いがわきおこりました。そういえば、おひさまのしずむころにはもどってくることというサブロのことばをろくに聞《き》きもしないで、こぎつねはすっとんでいってしまいましたっけ。

サブロは、きりきりっと、くちびるをかみしめました。

「きつねのやつ！　だましたんだ。」

くやしくなって足《あし》をふみならしたときでした。いきなり、ごおっと強《つよ》い風《かぜ》がまきおこりました。つきとばされてサブロは、雪《ゆき》の中《なか》にたおれてしまいました。

あわてておきあがったサブロは、ぎょっとしました。ぶんぶん、わんわんふきあれる雪《ゆき》であたりはまっ白《しろ》になっており、なにも見《み》えなくなっていたのです。

「どうしよう、どうしよう。」

どちらの方《ほう》へいったらいいのかまったくけんとうがつきません。とにかく温泉宿《おんせんやど》にもどろうとサブロは思《おも》いました。おろおろと歩《ある》き出《だ》してみたものの、空地《あきち》も本道《ほんどう》もどこにあるのかまるで見当《けんとう》がつきませんでした。いってもいっても温泉宿《おんせんやど》のたてふだが見《み》えないのです。

「父《とう》ちゃーん、母《かあ》ちゃーん。」

すっかりこわくなったサブロは、泣《な》き出《だ》してしまいました。けれども、その泣《な》き声《ごえ》は風《かぜ》にふきとばされてしまいます。雪《ゆき》にすいこまれてしまいます。

とうとうサブロはしゃがみこんでしまいました。目《め》もかすんできます。

頭《あたま》の中《なか》もしーんとからっぽになりました。寒《さむ》いのか、あたたかいのか、痛《いた》いのか感覚《かんかく》もなくなりました。

風《かぜ》の音《おと》にまざって、チリリリーンと自転車《じてんしゃ》のベルの音《おと》が聞《き》こえたような気《き》がしましたが、サブロはもうなにもわからなくなってしまいました。

ぽおっと、サブロは目《め》をあけました。

オレンジ色《いろ》のまあるいあかりがとびこんできました。

「あ、気《き》がついた。」

「サブロ、サブロ！」

「よかった。もうだいじょうぶだ。」

さまざまな声《こえ》がして、父《とう》さんと母《かあ》さん、温泉宿《おんせんやど》の人《ひと》たちの顔《かお》が見《み》えました。

「あ……母《かあ》ちゃん。」

「もうだいじょうぶよ、サブロ。」

母《かあ》さんがサブロの顔《かお》をなでながらいいました。母《かあ》さんの目《め》は赤《あか》くうるんでいました。

「ぼく、どうしたの……。」

「雪《ゆき》で迷《まよ》ってしまったんだよ、サブロ、けど、もうだいじょうぶだ。温泉《おんせん》宿《やど》にいるんだからね。」

父《とう》さんは、ぱちぱちとはげしくまばたきをしてサブロの手《て》をにぎりしめました。

ああ、そうだった……とサブロは思《おも》い出《だ》しました。そうして、

「あ、ぼくの、自転車《じてんしゃ》は?」

サブロはおきあがろうとしました。

「まあ、この子《こ》ったら。」

母《かあ》さんは泣《な》きわらいの顔《かお》で、サブロのほおをつきました。

まわりの人《ひと》たちもわらい声《ごえ》をあげました。

「自転車《じてんしゃ》のことが気《き》になるくらいなら、もう安心《あんしん》だ。」

温泉宿《おんせんやど》のおじさんが、とりわけ大《おお》きな声《こえ》でわらいました。

「心配《しんぱい》するな、サブロ。ちゃあんともってきてあるよ。」

「よかったあ。」

にまっとしてサブロは、まくらに頭《かお》をおとしました。とたんに、ぐうっ
とおなかがはでな音《おと》をたてました。

「ほーら、スープだよ、おあがり。」

温泉宿《おんせんやど》のおばさんが、ゆげのたつマグカップをもってきました。

サブロがいつまでたってもかえってこないうえに雪《ゆき》もふりはじめたので、心配《しんぱい》した母《かあ》さんは温泉宿《おんせんやど》に電話《でんわ》をかけたのです。

サブロが迷子《まいご》になったらしいと知《し》った温泉宿《おんせんやど》でも、さわぎになりました。

本道《ほんどう》に出《で》る空地《あきち》でだれかと待《ま》ちあわせをしているといった、サブロのことばを思《おも》い出《だ》した温泉宿《おんせんやど》の人《ひと》たちは、とにかく雪《ゆき》の中《なか》をさがしにきたのでした。

野原《のはら》へいく近道《ちかみち》に入《はい》った時《とき》、風《かぜ》にばたばたなびいている緑色《みどりいろ》の布《ぬの》きれを見《み》つけたのです。近《ちか》づいてみると、それはサブロが荷物《にもつ》をつつんできたふろしきでした。すぐそばに半分雪《はんぶんゆき》にうずまった自転車《じてんしゃ》もありました。こんもり白《しろ》い山《やま》になっているそこは、やぶのようでした。

「それから、雪《ゆき》をはらいのけてのぞいてみて、びっくりしたのさ。」

温泉宿《おんせんやど》のおじさんは、大《おお》きな目《め》をよけいにぎょろぎょろさせて話《はな》してくれました。

「なんときつねがいっぴき、サブロにぴったりとよりそってねていたじゃないか。やぶン中《なか》はあなぐらみたいになっていてさ、けっこう風《かぜ》をふせいでいたな。おれたちの声《こえ》できつねは目《め》をさましてね。安心《あんしん》したようにとび出《だ》していっちまった。あのきつねのおかげでサブロは助《たす》かったんだよ。」

サブロはだまってうなずきましたが、心《こころ》の中《なか》できつねに話《はな》しかけていました。

（きつね、疑《うたが》ってごめんね。雪《ゆき》でもどってくるのがおくれちゃったんだね

え。さんさき町《まち》でおまえの母《かあ》ちゃんに会《あ》えた？）

それから二《に》、三日後《さんにちご》、元気《げんき》になったサブロが学校《がっこう》にいくと、クラスの一人《ひとり》がふしぎそうな顔《かお》をして、こんなことをいいました。

「あのねえ、雪《ゆき》のふった日《ひ》にあたし、さんさき町《まち》の動物園《どうぶつえん》にいってたの。そしたらね、きつねのおりの前《まえ》でサブロちゃん、見《み》たのよ。ぴかぴかの青《あお》い自転車《じてんしゃ》にのっていたの。でも、あのとき、サブロちゃん、あさぎり山《やま》で迷子《まいご》になっていたんじゃなかった？」

きつね

あとがき

瀬尾《せお》 七重《ななえ》

騒《さわ》がしい都会《とかい》で生《う》まれ育《そだ》った私《わたし》は、真《しん》の暗闇《くらやみ》も耳《みみ》が痛《いた》くなるほどの静《しず》けさも知《し》りません。昼間《ひるま》は車《くるま》や店《みせ》の騒音《そうおん》、夜《よる》は酔《よ》った人々《ひとびと》の声《こえ》、ネオンサインやイルミネーションのぴかぴかした光《ひかり》でおおいつくされた空《そら》、それが当《あ》たり前《まえ》の環境《かんきょう》で暮《く》らしてきました。星《ほし》を見《み》ることができたのは冬《ふゆ》だけでした。空気《くうき》がカーンと冷《つめ》たくすきとおった真冬《まふゆ》の時《とき》だけ。はっきりと確認《かくにん》できたのはオリオン座《ざ》でした。毎晩眠《まいばんねむ》る前《まえ》に「おやすみ」と三《み》つ星《ぼし》に声《こえ》をかけてふとんにもぐりこんだものでした。

降《ふ》るような星空《ほしぞら》を眺《なが》めてみたい、暗闇《くらやみ》や静寂《せいじゃく》を体験《たいけん》したいという願《ねが》いがかなえられたのは、ずっと大人《おとな》になってからでした。友人《ゆうじん》の別荘《べっそう》に招《まね》かれた時《とき》にはじめてそのふたつにふれることができました。周囲《しゅうい》に大《おお》きな樹木《じゅもく》の立《た》ち並《なら》ぶ別荘《べっそう》のあたりには、外灯《がいとう》などもちろんありません。夜《よる》は本当《ほんとう》に真《ま》っ暗《くら》になります。目《め》の前《まえ》に手《て》をかざしても、その自《じ》分《ぶん》の手《て》が見《み》えないのです。人工的《じんこうてき》な暗闇《くらやみ》（たとえば古《ふる》い城《しろ》の牢獄《ろうごく》とかお化《ば》け屋敷《やしき》）には

あとがき

恐《きょう》怖感《ふかん》をおぼえますが、自然《しぜん》の闇《やみ》はまったく恐《こわ》くないと知《し》りました。むしろやさしく包《つつ》みこまれているように感《かん》じました。

じっとたたずんでいますと、かぐわしい香《かお》りがたちこめているのがわかります。もみ、からまつ、しらかば、ぶな、なら、つが、別荘地《べっそうち》を取《と》り囲《かこ》む樹木《じゅもく》の香《かお》りと土《つち》のにおいです。耳《みみ》をすましますと、静寂《せいじゃく》の中《なか》から鳥《とり》のつぶやき、かすかな風《かぜ》にゆらぐ梢《こずえ》のそよぎ、枝《えだ》や葉《は》のすれあう音《おと》が聞《き》こえてきます。空《そら》をあおぎますと、葉《は》の間《あいだ》からまたたく星《ほし》が見《み》えます。その数《かず》の多《おお》さにおどろき、ただただ見《み》とれてしまいました。そうして満天《まんてん》の星《ほし》空《ぞら》の下《した》をどこまでもどこまでも駆《か》けていきたいと思《おも》いました。

しなこさんやこうへいさんたちの住《す》む村《むら》は、まさにこのような村《むら》なのです。自然《しぜん》のふところに抱《いだ》かれている人々《ひとびと》の気持《きも》ちは暖《あたた》かくやさしいのです。春《はる》の木々《きぎ》の柔《やわ》らかな芽吹《めぶ》き、夏空《なつぞら》にそびえる雄大《ゆうだい》な山々《やまやま》と真《ま》っ白《しろ》な雲《くも》の群《む》れ、秋《あき》の燃《も》える夕焼《ゆうや》け、冬《ふゆ》のしんしんと降《ふ》りつもる雪《ゆき》、村《むら》はさまざまな色彩《しきさい》にあふれ、月《つき》の冴《さ》えわたる夜《よる》には青白《あおじろ》くかがやきます。そうするともう不思議《ふしぎ》なことがおこってもおかしくはない村《むら》なのです。

心《こころ》をこめて絵《え》を描《か》いてくださった亀岡亜希子《かめおかあきこ》さんと編集《へんしゅう》のみなさまに感謝《かんしゃ》いたします。

自然《しぜん》を信《しん》じて、人《ひと》を信《しん》じて

高田《たかだ》　桂子《けいこ》

短編連作集《たんぺんれんさくしゅう》『村《むら》の小《ちい》さな糸《いと》やさん』は、小学校二年生《しょうがっこうにねんせい》のサブロひとりが主人公《しゅじんこう》というより、こまくさ糸店《いとてん》に住《す》む一家四人《いっかよにん》――サブロと両親《りょうしん》とおばあさん――が、同《おな》じくらい大切《たいせつ》に描《えが》かれたお話《はなし》のように思《おも》います。それよりも、一年中《いちねんじゅう》、きりの流《なが》れるきりも山《やま》やあさぎり山《やま》、ふもとにひろがる野原《のはら》、そこに暮《く》らすきつねやくもやからすなど、自然《しぜん》をひっくるめてのみんなの物語《ものがたり》と考《かんが》えたほうが、もっとしっくり合《あ》うのかもしれません。

サブロが、店《みせ》の青《あお》いボタンをこっそり持《も》ちだして、青《あお》い服《ふく》の女《おんな》の子《こ》にあげる話《はなし》。母《はは》のしなこさんが、きりも山中《さんちゅう》のあみもの教室《きょうしつ》にかぎ針《ばり》を届《とど》けに行《い》ったまま、帰《かえ》らない話《はなし》。父《ちち》のこうへいさんが、家《いえ》の前《まえ》の道《みち》ばたで魚《さかな》つりをする話《はなし》。サブロが、誕生日《たんじょうび》に買《か》ってもらったばかりの自転車《じてんしゃ》をきつねの子《こ》に貸《か》す話《はなし》。と、四《よっ》つの物語《ものがたり》で構成《こうせい》されていますが、大《おお》きな自然《しぜん》の中《なか》では、きつねやくもが口《くち》をきいても、ごくあたりまえのことで、また、かれらと隣《とな》り合《あ》って、助《たす》け合《あ》いながら生《い》きることも、自然《しぜん》な成《な》り行《ゆ》きだと感《かん》じられます。

人《ひと》は、いつも信《しん》じ合《あ》って生《い》きられるわけではなく、ときに、疑《うたが》いの心《こころ》がむくむくとわきます。きつねに自転車《じてんしゃ》を貸《か》したときのサブロのように。でも、そんなとき人《ひと》は、ひとりで生《い》きているのではない、孤独《こどく》ではないことを、この物語《ものがたり》は語《かた》っています。誰《だれ》かが、また人《ひと》でなくても自然界《しぜんかい》の何《なに》かが、よりそってくれているのだと……。

物語《ものがたり》のキー・ワードは、〈自然《しぜん》〉でしょうか。

都会《とかい》で生《う》まれ育《そだ》った作者《さくしゃ》の、自然《しぜん》に対《たい》するあこがれは強《つよ》いものだったのでしょう。日々《ひび》の生活《せいかつ》の中《なか》で、そうそう手《て》に入《はい》らないあこがれや願《ねが》いは、大切《たいせつ》に残《のこ》しておきたいものとなり、やがて物語《ものがたり》をつむぐという形《かたち》で成就《じょうじゅ》されていったのではないでしょうか。そして、あこがれが、自然《しぜん》への信頼《しんらい》となり、人間《にんげん》への信頼《しんらい》をも深《ふか》めていったのでしょう。

最後《さいご》に、このお話《はなし》の世界《せかい》を支《ささ》えている要素《ようそ》のひとつとして、言葉《ことば》と文章《ぶんしょう》の美《うつく》しさをあげたいと思《おも》います。ひとつひとつの言葉《ことば》の持《も》つ厚《あつ》みが、不思議《ふしぎ》なできごとの層《そう》を深《ふか》く厚《あつ》くしています。子《こ》ども時代《じだい》に美《うつく》しい日本語《にほんご》に出会《であ》えることは幸《しあわ》せなことで、心《こころ》に貯《たくわ》えを、ひきだしを持《も》つことだと思《おも》います。心《こころ》にひきだしを少《すこ》しずつ増《ふ》やしながら、大人《おとな》になっていく道《みち》のりは、心《こころ》はずむものではないでしょうか。

（児童文学作家《じどうぶんがくさっか》）

作 家——瀬尾　七重（せお　ななえ）

東京都生まれ。立教大学文学部卒業。在学中より故福田清人氏に師事。1967年、「ロザンドの木馬」で講談社児童文学新人賞佳作入選により創作の道に入る。作品に『さようなら、葉っぱこ』（講談社）、『銀の糸あみもの店』『迷路の森の盗賊』（旺文社）、『さくらの花でんしゃ』『小さな公園のふしぎな森』（PHP研究所）、『しぐれ山のひみつ』（教育画劇）などがある。

画 家——亀岡亜希子（かめおか　あきこ）

山形県米沢市生まれ。東北生活文化大学生活美術学科卒業。絵本にオコジョのタッチィを主人公にしたシリーズ『ねんにいちどのおきゃくさま』（文溪堂）ほか、『つばめたちのきせつ　ビジューとフルール』（教育画劇）などがある。東京在住。

http://www1.ttcn.ne.jp/~a.k/

シリーズ本のチカラ
編集委員　石井　直人　宮川　健郎

※この作品は、1986年、旺文社より刊行されました。

シリーズ 本のチカラ

村《むら》の小《ちい》さな糸《いと》やさん

2008 年 4 月 20 日　初版第 1 刷発行
2024 年 3 月 10 日　第 2 刷発行

作　家　瀬尾七重
画　家　亀岡亜希子
発行者　河野晋三
発行所　株式会社 日本標準
〒 350-1221　埼玉県日高市下大谷沢 91 − 5
電 話　04 − 2935 − 4671
FAX　050 − 3737 − 8750
URL　https://www.nipponhyojun.co.jp/
装　丁　オーノリュウスケ
編集協力　株式会社本作り空 Sola
印刷・製本　小宮山印刷株式会社

NDC 913/128P/22cm　ISBN978-4-8208-0319-5